AF297483

E. De Garat, H. Sauvage et A. Larsonneur

Jacques Clément

Opéra

DÉPÔT LEGAL
CÔTE-D'OR
N° 26
1867

YTh
22404

JACQUES CLÉMENT

OPÉRA

EN QUATRE ACTES ET CINQ TABLEAUX

Représenté pour la première fois sur le grand théâtre de GENÈVE,
le 15 décembre 1886.

Direction de M. GALLI

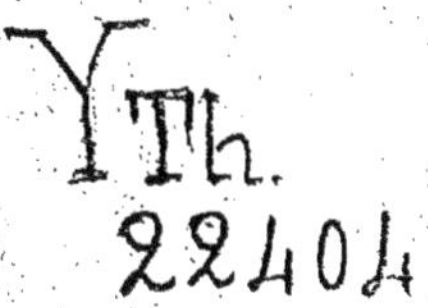

Yth.
22404

Chef d'orchestre, M. BERGALONNE

Mise en scène de M. de WINTER

Ballet réglé par M. LAMY

IMPRIMERIE GÉNÉRALE DE CHATILLON-SUR-SEINE. — A. PICHAT.

JACQUES CLÉMENT

OPÉRA

EN QUATRE ACTES ET CINQ TABLEAUX

PAROLES DE MM.

L. DE GARAT, H. SAUVAGE & A. LARSONNEUR

MUSIQUE DE M.

A. GRISY

PARIS

TRESSE & STOCK, ÉDITEURS

8, 9, 10, 11, GALERIE DU THÉATRE-FRANÇAIS

PALAIS-ROYAL

—

1887

Droits d'analyse, de traduction et de reproduction réservés.

PERSONNAGES

JACQUES CLÉMENT, moine jacobin	MM.	Paulin.
BOURGOING, prieur des jacobins		Saint-Jean.
MENDOZE, ambassadeur d'Espagne		Quirot.
LE DUC DE MAYENNE		Larrivée.
VERDUREAU, émissaire de la duchesse de Montpensier.		Fronty.
UN HÉRAUT DU ROI DE FRANCE		
MALLET, membre du conseil des Seize		Vanaud.
BRANTOME, vicomte de Bourdeille		Gense
UN HOTELIER		Léonce
UN SEIGNEUR		Lavergne.
UN LIGUEUR		Regnier, fils.
UN CHIRURGIEN		Férand.
UN MOINE		Braive.
UN HUGUENOT		
LA DUCHESSE DE MONTPENSIER	Mmes	Dargy.
MARTHE, mère de Jacques Clément		Pitteri.
MARIE, fille de Verdureau et filleule de la duchesse		De Villeraie.

SEIGNEURS, LIGUEURS, MOINES, BOURGEOIS, SOLDATS, MUSICIENS, HUGUENOTS,
DAMES D'HONNEUR DE LA DUCHESSE, PAGES, DANSEUSES ITALIENNES.

La scène se passe en 1588 et 1589. Les trois premiers actes à Paris, le qua-
trième à Saint-Cloud.

JACQUES CLÉMENT

ACTE PREMIER

La nuit de Noël 1588.

Une place devant l'église et le couvent des Jacobins, à Paris. Au fond, à droite, le porche de l'église auquel on accède par des degrés. A gauche, au fond, le mur du couvent, avec porte surmontée d'un écusson aux armes royales. A droite et à gauche, vieilles maisons. Il fait nuit.

SCÈNE PREMIÈRE

MARTHE, MALLET,
LIGUEURS et GENS DU PEUPLE.

CHŒUR.

Chantons Noël, bonnes gens!
Sans que nul ne nous empêche,
Ni malandrins, ni sergents,
De fêter Dieu dans sa crèche;
Chantons Noël, bonnes gens !

MALLET et QUELQUES LIGUEURS.

Quand de l'église, amis, l'airain sonore
Aura, pour nous, dit l'heure du départ,
Veillons, ligueurs, veillons èt qu'à l'aurore,
Chacun de nous soit debout au rempart.

CHŒUR GÉNÉRAL.

Faisons accueil, bonnes gens!
Croyants du prône ou du prêche,
Aux martyrs, aux indigents,
En souvenir de la crèche;
Chantons Noël, bonnes gens !

MALLET et LES LIGUEURS.

Chassons de cette ville étrangers, infidèles,
Huguenots ou Royaux amèutés contre nous...

MALLET.

Tous gens que l'hérésie, en ses fureurs nouvelles
Devant l'âpre Valois fait ployer les genoux !

LES FEMMES.

D'être sans pain et sans denier
Tout Paris se fatigue !

LES HOMMES.

Il a raison le quartenier,
Vive la sainte Ligue !

CHŒUR GÉNÉRAL.

Chantons Noël, bonnes gens !
Sans que nul ne nous empêche,
Ni malandrins, ni sergents,

De fêter Dieu dans sa crèche;
Chantons Noël, bonnes gens !

MARTHE, à Mallet.

Te voilà bien féru contre les gens du roi,
Mallet; c'est bien; pourtant Messieurs les seize
Souffrent que l'Espagnol, ici, dicte la loi !

MALLET.

Vous en parlez à l'aise
Vous, que ceux du clergé
Tiennent en haute estime,
Depuis que votre fils du prieur protégé,
Contre celui qui nous opprime
Partout souffle la haine et le ressentiment !

LA FOULE.

Vive sainte union ! Vive Jacques Clément !

LES LIGUEURS.

Quand de l'église, amis, l'airain sonore
Aura, pour nous, dit l'heure du départ,
Veillons, ligueurs, veillons et qu'à l'aurore,
Chacun de nous soit debout au rempart.

SCÈNE II

LES MÊMES, MARIE.

MARIE, sortant de sa maison et allant à Marthe.

Ils chantent, de Noël fêtant la bienvenue.
Moi !... Quel amer chagrin règne, seul, en mon cœur,
O Marthe !

MARTHE, à part.

Est-ce pour moi qu'elle est ici venue?
Qui peut causer sa peine ?

MARIE, prenant les mains de Marthe.

Une sombre douleur
M'accable; alors qu'heureuse femme,
Tranquille sur le sort du fils que vous aimez,
A l'abri de ces murs, dans ce couvent...

MARTHE.

Chère âme,
Eh ! c'est là mon chagrin ! Dans ce cloître...

Elle hésite.

MARIE.

Achevez!

LA FOULE.

Messeigneurs de la cour et la noble duchesse,
Depuis longtemps déjà, sont à l'église...

MALLET.

Après ?

LA FOULE.

Des Jacobins mollement on s'empresse
A venir de Noël, consacrer les apprêts !

La foule se disperse dans les rues voisines.

MALLET.

C'est bien vrai !

Il sort avec la Foule.

MARIE.

Vous disiez ?

MARTHE.

Le trouble et le désordre
Qui règnent dans Paris, sans lui ne seraient rien.

MARIE.

Eh! quoi! La paix du cloître et la règle de l'ordre...

MARTHE.

Tout lui pèse à présent; on pourrait croire...

MARIE.

Eh bien ?

MARTHE,

Qu'il subit le pouvoir d'une étrange folie.

MARIE.

C'est l'ardeur de la foi, c'est le brûlant désir
De sauver le pays et l'église...

MARTHE.

Ah ! Marie,
J'ai peur qu'il ne me cause un mortel déplaisir;
J'espérais en Bourgogne, en son pays d'enfance
Le ramener. Hélas! Mais toi, qui trouble ainsi?...

MARIE.

Mon père, oh ! Marthe, en ce jardin de France,
Que vous nommez Touraine ici,
Par ordre exprès de la noble duchesse,
A l'insu de tous, s'est rendu.
Depuis ce jour a grandi ma tristesse :
Hélas ! il n'est pas revenu !

Les Huguenots, Royaux, Gens de Navarre
Nous entourent de tout côté :
Ils le tueront! Quelque soldat barbare
Déjà, l'a peut-être arrêté ?
Depuis ce jour dans des transes mortelles
Oh ! Marthe ! je gémis !

MARTHE.

Calme-toi, nous aurons bientôt de ses nouvelles,
Il saura déjouer les complots ennemis.

ENSEMBLE.

MARTHE, à part.   MARIE, à part.

De lui pas de nouvelles, De lui pas de nouvelles,
Partout des ennemis !   Partout des ennemis !

A la fin de cet ensemble, la foule, les ligueurs, reviennent en
scène, au bruit des cloches.

LA FOULE

Du couvent la porte enfin s'ouvre.
Voici les Jacobins ! Que chacun se découvre !

SCÈNE III

Les Mêmes, MOINES, JACOBINS.

La procession des Jacobins, sort du couvent sur deux rangs. — La
foule se range, respectueuse et recueillie.

CHŒUR DES MOINES.

Levez le front joyeux,
Fils de la race humaine ;
Contemplez dans les cieux
La lueur souveraine
De celui qui, pour vous, vient souffrir,
Et mourir !

La procession, après s'être arrêtée un instant, se remet en marche.

LA FOULE.

Le chrétien, comme lui doit souffrir,
          Et mourir !

CHŒUR DES MOINES.

Ils marchent lentement vers l'église; les orgues jouent.
          A ses pieds sont les rois,
          Ces maîtres de la terre ;
          Et, docile à ses lois,
          Adorant son mystère,
     Le chrétien, comme lui, doit souffrir,
          Et mourir !

LA FOULE.

Le chrétien, comme lui, doit souffrir
          Et mourir !

Les moines entrent à l'église ; une partie de la foule les suit,
          l'autre partie se disperse.

SCÈNE IV

MARTHE, MARIE, JACQUES CLÉMENT.

JACQUES CLÉMENT, s'est détaché des derniers rangs des
     moines, et se dirige vers Marthe qu'il amène sur le devant de
     la scène.
          O mère !
     Combien le cloître est lourd !
     Ce froc est un suaire !
     Je suis devenu sourd
     A la voix de la grâce.
     Je ne sais quel émoi
     Me trouble et dans l'espace
     Je suis bien seul ?.....

MARTHE.

Et moi ?

JACQUES CLÉMENT.

Toi ! mère?
Parfois ton souvenir
Adoucit ma misère;
Mais, vers un avenir
D'impossible tendresse
S'élance en vain mon cœur.
Sous le joug qui m'oppresse,
Je frémis !

MARTHE.

O douleur !

ENSEMBLE.

JACQUES CLÉMENT.

A cet oubli, à ce silence
Mon âme a peine à se plier.
Le mal me trouve sans défense,
Hélas ! je ne sais plus prier !

MARTHE.

Mon fils pourrais-tu de l'enfance
Les douces leçons oublier ?
Plus de foi, plus d'obéissance !
Allez ! mon fils ! allez prier !

MARIE.

Eh ! quoi ! Pourrait-il de l'enfance
Les douces leçons oublier?
Plus de foi, plus d'obéissance !
Hélas ! il ne sait plus prier !

JACQUES CLÉMENT.

Vous l'avez dit : je veux, au pied du saint autel,
Chercher l'oubli complet de ce chagrin mortel.

       Il va vers l'église.

SCÈNE V

MARTHE, MARIE, JACQUES CLÉMENT,
Ligueurs, Huguenots, Gens de la Foule.

Des ligueurs, l'épée à la main, amènent quatre Huguenots, qu'ils
ont faits prisonniers ; la foule s'écarte, puis les entoure.

LES LIGUEURS, à Jacques Clément.

Ils ont passé devant la sainte Vierge
Sans découvrir le chef, sans ployer les genoux ;
Capitaine, jugez !

JACQUES CLÉMENT, qui s'est arrêté.

   Qu'ils lui brûlent un cierge
Chacun, ou bien sans quoi...

LES HUGUENOTS, se débattant.

    Ventrebleu ! laissez-nous !

UN HUGUENOT.

Suivez comme il vous plaît votre rite...

UN LIGUEUR.

     Il blasphème !

LE HUGUENOT.

Permettez à chacun, en ces instants joyeux,
De célébrer le Christ, comme il veut...

       2.

LES LIGUEURS.

Anathème !
Jugez-les, capitaine !

UN HUGUENOT.

A ce moine il vaut mieux
Dire mon révérend !

JACQUES CLÉMENT, entr'ouvrant son manteau, montre
sa cuirasse, ornée de la double croix de Lorraine.

Tiens ! regarde, infidèle !
Cette cuirasse au sein, et ce glaive au côté,
D'un soldat de la foi te diront-ils le zèle ?
En ce cloître on étouffe, et de l'impiété,
Je veux aux carrefours, comme aux places publiques,
Terrasser l'hydre...

LES LIGUEURS, levant l'épée.

A mort !

LES HUGUENOTS.

Mais, c'est toi, Philistin,
Qui manques de respect aux vérités bibliques.

JACQUES CLÉMENT.

Abjurez, Huguenots ! ou craignez le destin
Qui frappe l'hérétique.

LES LIGUEURS.

A mort !

JACQUES CLÉMENT.

A la Bastille !
Livrez ces mécréants aux gens de prévôté !

MARIE, qui s'est approchée de Jacques Clément, les mains jointes.

Grâce pour eux, Clément !

LES LIGUEURS.

Que nous veut cette fille ?

MARIE.

Grâce ! Au nom du Seigneur, du Dieu de charité !

JACQUES CLÉMENT.

Fils du Très Haut, Dieu redoutable,
Arme nos bras, ferme nos cœurs ;
De cette race détestable
Rends-nous vainqueurs !

Il marche vers l'église. — Les ligueurs entraînent leurs prisonniers ; une partie de la foule les suit. L'autre partie entre à
l'église derrière Jacques Clément.

CHŒUR.

Fils du Très Haut,
Etc.

SCÈNE VI

MENDOZE, MAYENNE.

Ils sont entrés pendant le chœur.

MAYENNE.

Vous voyez, Monseigneur,
Que ce peuple en liesse
Est pour nous plein d'ardeur !

MENDOZE.

Je vous supplie, Altesse,
De croire qu'à mes yeux
Cette fête est seconde.

Il m'est plus précieux
Que ces clameurs du monde
De penser, qu'à l'église
Madame votre sœur nous attend !

MAYENNE.

En franchise,
Ce propos, cher seigneur, sans courtisanerie,
Est d'un vrai chevalier.
Pour la galanterie,
Je reste un écolier !

MENDOZE.

Vous êtes notre maître
Sur ce point; des Français
Il nous faut reconnaître
Les mérités succès.
Hâtons-nous. Je vous prie
De me permettre, Altesse,
D'offrir, pour la sortie,
La main à la duchesse !

MAYENNE.

Le noble ambassadeur par Philippe nommé,
A·droit au premier rang, sans que nul ne réplique.

Ils entrent à l'église, au moment où Jacques Clément en sort précipitamment par une porte latérale. Les orgues jouent l'*Adeste, fideles.*

SCÈNE VII

MARTHE, MARIE, JACQUES CLÉMENT,
puis LA FOULE.

Marthe et Marie marchent au devant de Jacques Clément.

JACQUES CLÉMENT.

Vous l'entendez aussi ce sublime cantique,

Comme un hymne d'amour en l'univers semé ;
Aux mages d'Orient, l'étoile radieuse,
De la crèche du Christ indiquait le chemin ;
Les cieux se sont ouverts pour moi : l'âme joyeuse,
J'ai vu de qui venait ce pouvoir surhumain !

I

Dans mes longues nuits sans sommeil,
Tout s'éclairait de son image ;
Le jour apparaissait vermeil,
Sans que s'éteignît le mirage ;

Montrant l'église.

Et là, je demandais anx cieux
L'oubli de ma douleur mortelle,
Quand un éclair brille à mes yeux :
C'est elle !

MARTHE, à Marie.

Dieu soit loué, c'est la reine des cieux
Qui brillait à ses yeux !

JACQUES CLÉMENT.

II

Oh ! non, je ne pouvais plus voir
Celle que visita l'archange.
Je me suis rappelé qu'un soir,
J'eus une vision étrange :
Tous s'inclinaient avec respect,
Murmurant : « C'est mademoiselle ! »
J'ai frémi, rien qu'à son aspect :
C'est elle !

MARIE, à Marthe.

A ma marraine, hélas ! le malheureux
Adresserait ses vœux ?

LA FOULE, rentrant de divers côtés.

Au cortège brillant qui passe,
Faisons place !

SCÈNE VIII

LES MÊMES, LA DUCHESSE, MAYENNE,
MENDOZE, BOURGOING. MOINES, SEIGNEURS,
SOLDATS, LIGUEURS, etc.

Le cortège sort de l'église par le grand portail et s'avance sur le devant de la scène. Mendoze donne la main à la duchesse. Les moines
portant des cierges allumés, se placent sur les marches et jusque
dans l'église dont l'entrée reste libre. Sonneries de cloches.

CHŒUR.

Chantons Noël, bonnes gens !
Sans que nul ne nous empêche,
Ni malandrins, ni sergents,
De fêter Dieu dans sa crèche ;
Chantons Noël, bonnes gens !

LA FOULE.

Salut à Monseigneur ! salut à la Duchesse !

BOURGOING.

A Mendoze.

Vous l'entendez ?

LES LIGUEURS.

Salut ! Défenseurs de la foi !

LA DUCHESSE,

A Mendoze, dont elle a quitté la main.

De ce peuple l'élan doit dire à Votre Altesse
Notre pouvoir !

MENDOZE, à la duchesse.

Je sais ! ainsi saura mon Roi !

A Bourgoing.

Un cardinal, bientôt, cher Prieur, est à faire...

BOURGOING.

Monseigneur ! croyez bien...

MENDOZE, l'interrompant.

Vous ne demandez rien !

MAYENNE, à Bourgoing.

Pourrions-nous votre zèle oublier, digne père ?

SCÈNE IX

LES MÊMES, VERDUREAU.

VERDUREAU, entrant et cherchant à traverser la foule.

Il fallait craindre, hélas ! cet horrible forfait !
« Paris conjure un grand crime commettre,
« Blois lui fera sortir son plein effet !... »
Nostradamus l'a dit ; le ciel l'a pu permettre !

LA FOULE.

Que vient faire, en ce lieu,
Cet étranger ?

VERDUREAU, brandissant son bâton.

Au large !

Laissant tomber sa souquenille.

Etranger, moi, pardieu !
Verdureau, que l'on charge
D'un message... Etranger !

MARIE, à la duchesse.

C'est lui ! c'est lui, marraine !

VERDUREAU.

J'ai bravé tout danger
Pour venir rendre compte à notre souveraine...
Je n'ose plus !

Marie s'est élancée vers lui et l'amène sur le devant de la scène.

LA FOULE.

Passez !

VERDUREAU.

C'est horrible !...

LA DUCHESSE, faisant quelques pas vers lui.

Et mon frère ?

VERDUREAU.

C'est vous qui me pressez,
Quand je devrais vous taire...

LA DUCHESSE, l'interrompant.

Parle donc, malheureux !
Qu'y a-t-il ?

VERDUREAU.

Ce grand crime !
Ah ! pleurez tous les deux !

MAYENNE et LA DUCHESSE.

Parle ! ou redoute enfin la fureur qui m'anime !

VERDUREAU.

RÉCITATIF.

Hier, un vendredi, vingt-trois,
Hier, en son château de Blois,
Notre duc est tombé victime
De cet abominable crime !
Au palais, ils l'ont entraîné
Et lâchement assassiné !
Il tombe avec un cri terrible !...
Alors, un spectre pâle, horrible,
Lentement passant près de moi,
Murmure : « A présent je suis roi !
» Duc et cardinal de Lorraine
» Vous aviez fatigué ma haine ! »

MAYENNE.

Assassinés tous deux ?

LA DUCHESSE, faisant un pas vers Verdureau.

Oh ! non ! cet homme ment !

Redis-nous de nouveau...

VERDUREAU.

Je ne pourrais, madame !

LA DUCHESSE.

Tous deux assassinés ? Mais où ?... Par qui ?... Comment ?
Ah ! je veux les venger de ce tyran infâme !

Verdureau recule vers Marie, et Bourgoing rejoint les moines.

Alors que, calmes et joyeux,
Artisans, bourgeois, gens de guerre,
Du fils de la reine des cieux
Vous célébriez le mystère ;
Souriante au milieu de vous,
De votre amour j'étais heureuse,

Ce Valois, des Guise jaloux,
Tramait son œuvre ténébreuse !

O peuple, vengeons-les ; que le poison, le fer,
Nous servent à frapper ce suppôt de l'enfer!

LA FOULE.

A Blois a succombé la gloire de la France !
Vengeance!

BOURGOING, éteignant un cierge qu'il à pris a l'un des moines.

Le ciel éteigne ainsi, la race des Valois!

Tous les moines éteignent leur cierge.

JACQUES CLÉMENT, tire sa dague, monte sur une des bornes
de la porte du couvent et brise l'écusson royal.

Comme ce fier blason qu'ils gravaient en la pierre,
Que ce monstre odieux, le dernier de nos rois
Tombe dans la poussière !

LA DUCHESSE.

Qu'il meure ! ainsi dit notre haine !

LA FOULE.

Salut, sainte union! Vive le capitaine !

LA DUCHESSE.

Marchons! Je veux à vos côtés,
Fils de la foi, porter le glaive ;
Contre ces tyrans détestés,
Qu'à notre voix, chacun se lève
Prêt à la lutte, âpre vengeur
Du sang des héros de Lorraine!

A Bourgoing et à Mendoze, en leur désignant Jacques Clément.

Quel est cet homme?

MAYENNE.

Il est des ligueurs, capitaine.

MENDOZE, montrant les moines.

Un moine de cet ordre.

BOURGOING.

Et peut-être, un sauveur !

CHŒUR GÉNÉRAL.

Contre ces tyrans détestés,

Qu'à } notre { voix chacun se lève,
      } votre {

Marchez } à } mes } côtés,
Marchons }   } ses }

Portez } le glaive.!
Portons }

Elancez-vous !
Elançons-nous !

Vengez   } les héros de Lorraine.
Vengeons }

Qu'ils tombent sous } vos } coups.
                    } nos }

Aux armes ! sainte haine,

Viens enflammer } leurs } cœurs ;
                } nos   }

Elancez-vous,   } âpres vengeurs !
Elançons-nous, }

Pendant le chœur final, défilé du cortège de la duchesse. — A la hauteur de Jacques Clément, la duchesse s'arrête. — Jacques Clément tombe à genoux, la dague levée. Rideau.

ACTE DEUXIÈME

Le couvent des Jacobins.

Une crypte au couvent des Jacobins. — Au fond, un autel très simplement orné, et surmonté d'une fenêtre ogivale à vitraux. — A droite, cloître promenoir. — A gauche, petite porte basse bardée de fer ; estrade avec deux sièges sculptés. — En face au même plan, une rangée de stalles.

———

SCÈNE PREMIÈRE

BOURGOING, MENDOZE.

MENDOZE.

Digne père, c'est bien ; personne ne viendra
Troubler cet entretien?

BOURGOING.

Seigneur, l'obéissance
Est notre loi première, et nul ne l'enfreindra.

MENDOZE.

Je viens à vous, prieur, en pleine confiance.
L'heure approche !... A Saint-Cloud, le commun ennemi
Se prépare à rentrer en cette capitale !
Alors, c'est fait de nous ; le Valois affermi
Par le roi de Navarre...

BOURGOING.

Alliance fatale !

MENDOZE.

Vous l'avez dit, prieur; Valois point n'oubliera
Combien la Sainte-Ligue était fidèle aux Guise;
Des Huguenots vainqueurs, l'appui cher se paiera.
Plus de couvents ! Le temple à côté de l'église.....
Le temple seul, peut-être...?

BOURGOING.

Espérons, Monseigneur !
Car la foi compte en nous, une ferme phalange...
Voyez, Clément s'approche; attendez près du chœur !
L'heure est venue... Et Dieu peut envoyer son ange !

Mendoze va se placer près du chœur, et Bourgoing se retire à pas
lents, pendant que dans la coulisse chante le chœur des moines.

CHŒUR DES MOINES, au dehors.

Du profond de l'abîme,
Vers vous, montent nos voix.
Seigneur ! frappez le crime
Du dernier des Valois !

Aux mages d'Orient, l'étoile radieuse,
De la crèche du Christ, annonçait le chemin.
Les cieux se sont ouverts ! Chrétiens, l'âme joyeuse,
Dociles, adorons ce pouvoir surhumain !

Pendant ce temps, Jacques Clément entre par la droite. Il écoute
le chant et paraît en proie à une exaltation toujours croissante.

SCÈNE II

Les Mêmes, JACQUES CLÉMENT, puis Un Ange.

JACQUES CLÉMENT.

I

Comme eux, j'avais vu la lumière;
Alors s'étaient ouverts les cieux.
Un nom remplissait ma prière,
Une image éclairait mes yeux.
Puis tout est redevenu sombre.
Du jour j'attendais le réveil,
Et du cloître il n'est plus que l'ombre,
Pour moi, qui rêvais le soleil.

CHŒUR DES MOINES, au dehors.

Que passe ainsi qu'un rêve
Du Valois le bonheur,
Et qu'à ta voix se lève
Pour l'Eglise un vengeur!
Afin que des méchants l'orgueilleuse puissance,
Sous un de tes regards, rentre dans le néant;
Afin que de tes fils, vienne la délivrance,
Qui de nous va surgir, lévite obéissant?

JACQUES CLÉMENT.

II

Humble demeure paternelle,
Un jour me sera-t-il donné

D'oublier ma douleur mortelle
Sous ton chaume, heureux, pardonné?
Je vais à vous, vertes collines,
Ruisseau clair baignant le gazon ;
A vous, vastes forêts voisines,
Bornant notre court horizon !

A ce moment le vitrail s'illumine et un ange apparaît sous les traits
de la duchesse.

L'ANGE.

Le maître des cieux,
Sur notre détresse
A jeté les yeux ;
Et, dans sa sagesse,
Il a résolu
De frapper l'infâme;
Saluez l'élu
Dont il choisit l'âme !

JACQUES CLÉMENT, marchant vers la vision.

Si le ciel emprunte ta voix,
Ordonne encore, ô vision charmante ;
Du Tout-Puissant dicte les lois,
Sa créature est là, soumise, obéissante!

L'ANGE.

Déjà les enfers
Veulent leur victime ;
Et, brisant tes fers,
Pour punir le crime
Qui nous émeut tous,
Elu ! Dieu t'appelle!
Va! que sous tes coups
Tombe l'infidèle !

La vision disparaît peu à peu et le vitrail s'éteint graduellement.

JACQUES CLÉMENT.

Oui ! je le jure, il va mourir !...
Hélas ! au loin, déjà fuit ton image.
Pour le frapper, j'allais courir ;
Tu disparais... Je n'ai plus de courage !

BOURGOING.

A Jacques Clément.

Quoi ! Tout seul ? Au lieu d'être au pied du saint autel !
Le mal guette souvent l'homme en la solitude,
Conseillant à son âme, hélas ! péché mortel !
Vous paraissez saisi de quelque inquiétude ?

MENDOZE.

Mais, je vous trouve, frère, un regard inspiré :
On croirait que de Dieu, la volonté suprême
S'est fait connaître à vous...

JACQUES CLÉMENT, à part.

Pauvre désespéré !
Vas-tu leur avouer qu'à l'instant, ici même ?...

A Bourgoing.

Comme à l'humble bergère aux champs de Vaucouleurs,
Au moine obscur, à moi, soudain s'est fait entendre
L'ordre qu'avait donné la Vierge aux sept douleurs.

A la fin de la scène, quelques moines entrent à pas lents et viennent
se placer dans les stalles. Deux moines se mettent aux côtés de
Bourgoing.

SCÈNE III

Les Mêmes, MOINES et PÉNITENTS.

BOURGOING, à Jacques Clément.

Ainsi vous affirmez, si j'ai su vous comprendre,

Que Dieu vous a parlé. Du tribunal secret
Voici l'heure, et fidèle au vœu d'obéissance,
A l'ordre vous devez vos aveux !

JACQUES CLÉMENT.

Je suis prêt !

Bourgoing va s'asseoir sur le fauteuil de l'estrade. Jacques Clément est debout, les bras croisés.

BOURGOING.

Dites ! nous écoutons dans un profond silence.

LES MOINES et PÉNITENTS, à demi-voix.

Du ciel il entendit les voix
Lui dicter ses augustes lois !

JACQUES CLÉMENT.

Le ciel peut-il commander l'homicide ?

LES MOINES, se levant.

La mort d'un mécréant est agréable au ciel !

JACQUES CLÉMENT.

Mais le maître des Cieux punit le régicide !

LES MOINES.

Comme l'humble berger, le monarque est mortel !

JACQUES CLÉMENT.

Je le sais ! cherchez donc une âme plus vaillante,
Capable d'obéir aux décrets du Très-Haut !

A Bourgoing.

Vous me l'avez promis... Mon âme confiante
Espère en vous, mon père...

BOURGOING.

Et pourtant, s'il le faut,
Quitterez-vous, mon fils, à l'heure périlleuse,
Ceux que votre courage aux combats a menés ?

2

LES MOINES.

Nul ne peut déserter la lutte glorieuse
Où l'Eglise et la foi nous ont tous entraînés !

JACQUES CLÉMENT, aux moines.

Armez-vous! au péril je suis prêt à vous suivre,
Si je puis vous donner un utile secours...
Au prieur.
Mais, vous l'avez promis, prieur, laissez-moi vivre
Calme, auprès de ma mère et que ses derniers jours
S'écoulent entourés d'amour et de tendresse!
Vous me l'avez promis, prieur!... Ma liberté!

BOURGOING.

Quoi! vous venez d'entendre une voix vengeresse,
Par laquelle des Cieux l'ordre vous fut dicté...
Et votre cœur hésite, et votre foi chancelle,
Quand c'est Dieu qui commande! Ah! mon frère, à genoux!

LES MOINES.

Vous n'êtes point l'élu que le Seigneur appelle!

BOURGOING.

Vous êtes libre; allez!

LES MOINES.

Que faisait parmi nous
Ce renégat ?

BOURGOING.

Partez, quittez la robe sainte
Que vous déshonorez !

CHŒUR.

Arrière! apostat !
Ta présence en ces lieux a souillé cette enceinte.
Frères, pleurons! La foi vient de perdre un soldat;
Rentrons dire pour lui les suprêmes prières:
Jacques Clément n'est plus!...

Pendant ce chœur les moines ont quitté leurs stalles et marchent sur
Jacques Clément qui recule jusqu'à la cellule dont la porte s'ouvre.
Les moines le maudissent du geste chacun à leur tour, et sortent
par le cloître. Mendoze quitte sa stalle et va rejoindre Bourgoing,
resté au milieu de la scène. La porte de la cellule se referme sur
Jacques Clément.

SCÈNE IV

MENDOZE, BOURGOING, Un Moine, Quatre
Ligueurs, portant deux caisses d'armes.

LE MOINE.
                    J'ai l'ordre du prieur ;
Obéissez !

BOURGOING.
Cachez ces armes meurtrières
Là-bas, sous les tombeaux !

MENDOZE, désignant les ligueurs.
          Je croyais...

BOURGOING.
                    Monseigneur !
De ce cloître, j'ai dû rendre l'accès facile.
L'instant, vous l'avouez, est proche, et le salut
De nos communs projets exige que, docile,
La maison du Seigneur, paie aussi son tribut.
Ces hommes, par mon ordre, apportent ce choix d'armes...
          Les ligueurs se retirent ainsi que le moine.

MENDOZE.
A quoi bon ? Nos soldats, il est vrai, sont à vous ;
Mais que faire à Paris ?
          Désignant la cellule.

Voyez ce moine en larmes.
Vous espériez, prieur, enflammant son courroux,
Le voir prêt à frapper Valois en son repaire,
Sur un geste de vous, s'élancer en martyr ;
Et le voilà ! Bientôt ce farouche sectaire
Aux doux plaisirs des champs se verra convertir !
Que devient notre espoir ?

Bourgoing s'approche de Mendoze, comme pour lui faire une confidence.

SCÈNE V

Les Mêmes, UN MOINE.

LE MOINE, à Bourgoing.

Une humble messagère,
De l'hôtel de Lorraine, apporte, ô digne père,
Un billet qu'elle doit remettre en votre main.
De la crypte faut-il lui montrer le chemin ?

BOURGOING, regagne un siège, tandis que Mendoze se retire vers
le fond de la scène.

Quiconque vient au nom de notre souveraine,
Est toujours bienvenu !

SCÈNE VI

Les Mêmes, MARTHE, MARIE.

MARIE, à Bourgoing.

Ma très haute marraine

De porter un message, ici, m'a fait l'honneur.
Je dois vous confier, très révérend prieur,
Ce pli que la duchesse a scellé de ses armes.

BOURGOING, s'est levé et marche vers Marie.

C'est le salut peut-être et la fin des alarmes!
Donnez...
   Que vois-je? Ô ciel! c'est au moine orgueilleux
Qu'à l'instant nous venons de chasser de nos yeux,
Que la duchesse écrit?

A Marie.

   Reprenez cette lettre!
Notre frère Clément ne la doit pas connaître!

MARTHE, troublée, s'avançant vers Bourgoing.

Mon fils! Vous l'avez dit... C'est mon fils! O douleur!
Mais quel est donc son crime?... Ah! répondez, prieur.

BOURGOING.

Aux pieds il a foulé le vœu d'obéissance,
Et notre tribunal, armé de la puissance
Que donne le Très-Haut, a, par un juste arrêt,
Flétri le criminel et puni son forfait!

MARTHE, au prieur.

Laissez-moi cet enfant,
Seul espoir de ma vie!
Mon cœur vous en supplie,
Soyez doux, indulgent.
C'est mon fils adoré;
Je l'avais, pauvre femme,
Voulant sauver son âme,
Au Dieu du ciel voué.
Dans ma retraite obscure,
Qu'il retourne avec moi;
Mes baisers, je le jure,
Le rendront à la foi!

2.

D'un tribunal sévère
Je comprends la rigueur,
Mais, il n'est qu'une mère
Pour apaiser un cœur.
Pitié pour ma souffrance,
Je vous crie en pleurant,
Vous, ma seule espérance,
Grâce ! pour mon enfant.

BOURGOING, à Mendoze.

Le moment est venu d'essayer la clémence !
A Marthe.
De l'amour maternel, je subis l'influence ;
Femme, relevez-vous ! Votre fils va venir.
Il fait signe à un moine de faire entrer Jacques Clément.
Mais vous m'avez promis son prochain repentir :
Songez à vos serments !

SCÈNE VII

Les Mêmes, JACQUES CLÉMENT.

BOURGOING, à Jacques Clément qui se dirige vers sa mère.

Dans sa miséricorde,
Le Juge souverain, par ma voix, vous accorde
Un pardon généreux. Frère Jacques Clément,
Vous êtes libre ; allez !

MARTHE.

Viens ! Ta mère t'attend !

JACQUES CLÉMENT.

Mère, je suis à toi !... n'est-ce point un doux rêve
Dans les pleurs et l'oubli, qui trop souvent s'achève !

ENSEMBLE.

JACQUES CLÉMENT.

Pour moi plus de douleur amère,
Le ciel enfin, remplit mes vœux,
Je puis, auprès de toi, ma mère,
Vivre heureux!

MARTHE.

Enfant, plus de douleur amère;
Le ciel enfin remplit tes vœux;
Reviens, mon fils, près de ta mère,
Vivre heureux!

MARIE.

Pour lui, plus de douleur amère,
Le ciel enfin remplit ses vœux;
Il pourra, tout près de sa mère,
Vivre heureux!

BOURGOING, à Jacques Clément en lui remettant le pli de la duchesse, qu'il a repris à Marie.

Vous pouvez, maintenant, sans manquer au devoir,
Lire ce que pour vous je viens de recevoir.

JACQUES CLÉMENT, qui a décacheté le pli, s'avance et lisant.
« De la nuit de Noël, si vous vous souvenez,
Venez! »
Ah! je ne suis pas fou; j'ai bien lu, le ciel s'ouvre!

MARIE.

Frère! j'ai mission de vous guider au Louvre!

JACQUES CLÉMENT.

Lorsque sa voix m'appelle,
Je ne sais quelle ardeur

Douce et pourtant cruclle,
Vient envahir mon cœur.
Non! Plus de défaillance!
Je veux courir joyeux,
Enflammer ma vaillance
A l'éclair de ses yeux!

Mendoze vient rejoindre Bourgoing.

MENDOZE et BOURGOING.

Ainsi l'amour de cette femme
A pu, seul, exalter son âme!

MARTHE.

Quoi! Mon fils m'abandonne?

JACQUES CLÉMENT.

Laissez-moi la revoir!

MARTHE.

Ingrat! Je te pardonne;
Malgré mon désespoir,
Je ne puis te maudire.

JACQUES CLÉMENT.

Elle m'écrit : « Venez. »
Ah! laissez-moi lui dire :
« Je vous aime! ordonnez! »

ENSEMBLE.

MARTHE et MARIE.

Adieu, décevante espérance!
Il renonce à la paix du cœur.
Au doux pays de son enfance,
Il allait trouver le bonheur!

Pauvre mère, reprends courage.
Ce fils aimé, tu le verras,
Peut-être encore après l'orage,
Trouver un refuge en tes bras!

JACQUES CLÉMENT.

Salut! séduisante espérance!
Le ciel me devait ce bonheur.
Longtemps d'une amère souffrance
Avait assez gémi mon cœur
Que tu domines sans partage!
Ordonne, et je suivrai tes pas,
Prêt à braver avec courage,
S'il le faut, pour toi, le trépas!

MENDOZE et BOURGOING.

Maintenant, espoir, confiance;
Sachons soutenir cette ardeur!
Qu'il marche pour notre défense;
Que la haine enflamme son cœur.
De nos succès c'est le présage,
Nous le verrons armer son bras,
Et s'élançant plein de courage,
Pour la Foi, braver le trépas!

Mendoze sort avec le prieur, Marie et Jacques Clément marchent
vers le fond. Marthe reste accablée au milieu de la scène.
Rideau.

ACTE TROISIÈME

La salle du conseil.

La salle du conseil au Louvre. — A gauche, porte avec tapisseries. — Au fond, deux larges fenêtres. — A droite, table. — A gauche, siège sculpté pour la duchesse. — Autres sièges pour les membres du conseil. — Grande porte au fond.

SCÈNE PREMIÈRE

BOURGOING, seul.

Hommes sans cœur et sans courage !
Au moment de la lutte, on commence à faiblir,
Et je suis seul, bravant l'orage ;
Mais, nul à mes projets ne me verra faillir.
Du ciel desseins impénétrables :
Un moine, ce Clément ; elle... femme sans cœur,
D'un forfait tous deux sont capables ;
Faisons-les par un crime affermir ma grandeur !
Elle vient...

Il va au devant de la duchesse.

SCÈNE II

BOURGOING, LA DUCHESSE.

LA DUCHESSE.

Vous m'avez fait demander, mon père ?
Me voici....

BOURGOING.

J'y comptais : c'est en vous que j'espère !

La duchesse s'assied.

Souvenez vous des jours charmants
Où ce roi, maître de votre âme,
Vous prodiguait ses doux serments...
Vous étiez la reine !... Madame !
Mais aujourd'hui, d'autres amours
Il subit l'ardente caresse ;
Pourtant vous l'adorez toujours,
Dites ?... Madame la Duchesse !

La duchesse se soulève avec indignation. Bourgoing la force à se rasseoir.

Eh bien ! je vous sais un vengeur,
Vous pouvez tout, ... car il vous aime,
Un mot, Madame... et plein d'ardeur
Il frappera.... jusqu'au roi même !
Vengez votre amour, ... et la foi !
Il faut conquérir la puissance,
A tous il faut dicter la loi ;
En ce moine, ayez confiance ! !

LA DUCHESSE, se levant et venant au milieu de la scène.
— A part.

Il m'aime... ce Clément ! Il m'aime ! Homme fatal,
Son noir regard me brûle...

A Bourgoing, avec calme.

En allié loyal,
Prieur ! vous agissez. De l'honneur soucieuse
Je veux que nul ici, même un crime commis,
Du respect de mon nom ne me trouve oublieuse !

Se tournant vers le fond.

C'est l'heure du conseil!... Que viennent nos amis !

SCÈNE III

LES MÊMES, MAYENNE, MENDOZE, MALLET,
DEUX SEIZE, DEUX SCRIBES, GENTILS-
HOMMES, SOLDATS, LIGUEURS, PAGES DE
LA DUCHESSE.

Pendant le chœur suivant, Mayenne entre d'abord, puis viennent
Mendoze et Bourgoing, et enfin, par groupes les membres du
conseil et les gentilshommes.

CHŒUR, au dehors et au loin.

D'être sans pain et sans deniers
Tout Paris se fatigue.
Nous adjurons les quarteniers
Et les chefs de la Ligue,
De faire soumission au roi,
Et signer paix de bonne foi !

LA_DUCHESSE, à Mayenne.

Notre conseil va s'assembler ;
Mais d'abord en secret, mon frère,
    Je tiens à vous parler.
    Ce moine ?...

MAYENNE.

        Il est, j'espère,
Au sein des ligueurs attiédis ;
Pour vous, il excite leur zèle ;
    Quel soldat tu perdis
    Valois !.... en ce rebelle !

LA DUCHESSE, désignant Mendoze.

Je crains que cet ambassadeur,
Frère, un jour ne nous sacrifie,
    Et sa feinte douceur
    Me semble perfidie !

                        Elle s' _sied.

LE CHŒUR, qui s'est rapproché.

D'être sans pain et sans deniers,
    Tout Paris se fatigue.
Nous adjurons les uarteniers
    Et les chefs de la Ligue,
De faire soumission au roi,
Et signer la paix de bonne foi !

Pendant ce chœur, les membres du conseil se sont placés, la
duchesse et Mayenne vont s'asseoir, à gauche.

LA DUCHESSE, se levant.

Messeigneurs du conseil, Dieu vous aide et soutienne :
    Parlez, mon frère de Mayenne.

                        Elle se rassied.

MAYENNE, se levant et s'adressant à Mendoze.

Ecoutez cette foule,
Monsieur l'ambassadeur ;
De ce torrent qui roule
Entendez la rumeur.
Oui ! notre main puissante
La dompta jusqu'ici ;
La faim se fait pressante :
Vos promesses ?...

MENDOZE, se levant, et dépliant une cédule.

Voici

Monseigneur, ce que mande
Notre maître royal :
« Que Paris se défende
» Et qu'un pacte loyal
» Entre nous s'établisse.
» De troupes et d'argent
» Nous voulons qu'on munisse
» La Ligue et le Régent !

Il se rassied.

LES DEUX SEIZE, se tournant vers Bourgoing.

Pour le Régent, la Ligue,
Vous entendez, prieur,
L'Espagnol est prodigue ;...
Mais Paris ...?

BOURGOING.

Tout ligueur,
Aux royales largesses,
Messieurs les quarteniers,
A droit ! Que ces promesses
Rassurent vos quartiers !

LA DUCHESSE, aux gentilshommes.

En dehors du clergé, du peuple qui murmure,

Il est des défenseurs,
Dont le zèle oublier serait leur faire injure,
N'est-ce pas, Messeigneurs ?

LES GENTILSHOMMES.

C'est bien ! Si les soldats, les subsides d'Espagne
Soudain faisaient défaut,
Sans or, sans alliés, nous tiendrons la campagne
Et subirons l'assaut !

MENDOZE.

Seuls ?

LES GENTILSHOMMES.

Osez-vous douter ?

MAYENNE, aux gentilshommes.
Patience !

MENDOZE.

Les Seize

Sur nous veillent trop peu.
Oui ! chacun d'augmenter de nos gens le malaise
Semble se faire un jeu !

Il se rassied.

LES GENTILSHOMMES.

De cet Espagnol arrogant
Nous faut-il relever le gant ?

MAYENNE, se levant, leur fait un geste d'apaisement et s'adressant
à Bourgoing.

Abrégeons ! Cher prieur, nous comptons sur l'Église,
Et sur son dévouement ?

A Mendoze.

L'Espagne sera, duc, ferme en la foi promise,
Quand viendra le moment ?

Aux gentilshommes.

Vous entendez : l'Espagne et Rome, à notre France

Promettent leur appui.
Béarnais et Valois, gardez-en l'assurance,
Dans trois jours auront fui !

CHŒUR GÉNÉRAL.

LES GENTILSHOMMES.

C'est bien ! Si les soldats, les subsides d'Espagne,
Soudain faisaient défaut,
Sans or, sans alliés, nous tiendrons la campagne
Et subirons l'assaut !

LES MEMBRES DU CONSEIL.

Marchons avec l'appui de Rome et de l'Espagne :
Dès demain, s'il le faut,
Contre les mécréants, commençons la campagne
Et subissons l'assaut !

SCÈNE IV

LES MÊMES, MARIE.

MARIE.

Elle entre en courant, et vient se jeter aux pieds de la duchesse.

I

Marraine !
Le peuple en son malheur,
A vos pieds, souveraine,
Vient conter sa douleur :

« Va! m'ont-ils dit, près d'elle ;
» Malgré d'âpres tourments,
» Chacun reste fidèle
» A la foi des serments ! »
Le peuple en son malheur,
A vos pieds, souveraine,
Vient conter sa douleur ;
　　　Marraine !

II

　　　Marraine !
Quand la plainte croissait,
Ardent et plein de haine
Un homme apparaissait
Disant : frères ! courage !
C'était Jacques Clément !
A son rude langage
Le peuple, violemment,
Tout à coup s'écriait :
« Vive le capitaine ! »
Lorsqu'il apparaissait,
　　　Marraine !

LA DUCHESSE, à part.

C'est lui ! Croyons-en le prieur,
Seul Clément sera mon vengeur !
A Marie.
Ma chère enfant, foi de marraine,
De nos maux, la fin est prochaine !
　　　　　Bruit de foule.

LE CHŒUR.

Quelle clameur et quel émoi !

LA FOULE, au dehors.

Un héraut de la part du roi !
Vivat ! c'est la fin de la guerre !

MAYENNE.

Allons ! ces batailleurs
Si farouches, naguère,
Ont, paraît-il, des sentiments meilleurs !

Aux dernières paroles de Mayenne, le héraut entre par le
fond. Il est accompagné de deux porte-étendards tenant à la
main droite une trompette ; des hommes d'armes les introdui-
sent ; les porte-étendards restent en arrière.

SCÈNE V

LES MÊMES, LE HÉRAUT, DEUX PORTE-ÉTENDARDS.

LE HÉRAUT, met un genou à terre et présente un parchemin
à la duchesse.

Sa Majesté le roi de France, à Catherine
De Lorraine...

La duchesse va pour prendre le pli, Mayenne l'arrête.

MAYENNE, se plaçant entre la duchesse et le héraut.

Ah ! vous-même lisez !

LE HÉRAUT, se relève, brise le cachet, se découvre et lit.

« Ma cousine, »
» Nous sommes averti que, par folle action,
» Vous soutenez le peuple en sa rébellion,
» Et que vous fomentez partout guerre civile.
» Donc, quand nous rentrerons en notre bonne ville,

» Nous vous ferons brûler au pied du pilori,
» Toute vive ! Et sur ce, que Dieu vous garde ! Henri. »

LA DUCHESSE, prenant le parchemin, et à part.

Le perfide !

Haut, au héraut.

Henri trois, moins que nous tous ignore,
Pour qui brûla le feu de Sodome et Gomorrhe.
Répondez, qu'en mon sein, tant que ce cœur battra,
Contre lui, j'armerai Paris !

LE HÉRAUT.

Le roi saura !

LA DUCHESSE.

Ici faites entrer le peuple qui murmure ;
Qu'il nous aide à punir cette suprême injure !

SCÈNE VI

LES MÊMES, LA FOULE, JACQUES CLÉMENT.

Pendant que la foule entre en scène, le héraut s'approche tour
à tour de Mendoze et des gentilshommes.

LE HÉRAUT, à demi-voix à Mendoze.

I

Monsieur l'ambassadeur,
De par le roi : « Peut-être,
» Il va de votre honneur
» De sauver les soldats de votre auguste maître ! »

Mendoze s'incline avec un geste d'acquiescement.

LE HÉRAUT, aux gentilshommes, même jeu.

II

A tel qu'il va revoir,
Le roi déjà pardonne,
Si, fidèle au devoir,
A se soumettre prêt, la ligue il abandonne !
Les gentilshommes s'inclinent et semblent se consulter.

SCÈNE VII

LES MÊMES, LE PEUPLE.

Le peuple est entré pendant les couplets du héraut.

MAYENNE, au peuple.

Ce monarque orgueilleux
Qu'exila votre haine,
Nous écrit. A ses yeux
La victoire est prochaine.

C'est à nous qu'aujourd'hui
Ce fourbe plein d'audace
Qui devant nous a fui,
Adresse sa menace.

LE PEUPLE.

A ce récit prêtons
Tous l'oreille ! Ecoutons !

MAYENNE.

O peuple de Paris, le traître s'imagine

Avoir franchi nos murs ; écoutez : « Ma cousine,
» Nous sommes averti que, par folle action,
» Vous soutenez le peuple en sa rébellion,
» Et que vous fomentez partout guerre civile :
» Donc, quand nous rentrerons en notre bonne ville,
» Nous vous ferons brûler au pied du pilori,
» Toute vive ! Et sur ce, que Dieu vous garde ! Henri ! »

LE PEUPLE.

C'est elle qu'au bûcher
Le roi ferait mener !

LA DUCHESSE.

Au peuple.

Vous avez entendu ?

Au héraut.

Dites à votre maître,
Que des nobles héros, qu'il fit frapper en traître,
Nul, ici, n'a perdu le sanglant souvenir.
Le ciel en est témoin, tout prêt à le punir !
Ajoutez que je veux au royal patrimoine
Adjoindre, sur son front, la couronne du moine ;
Voici dans ce dessein,

Elle montre les ciseaux qu'elle tient à sa ceinture.

les ciseaux apprêtés,
Pour en faire un servant du temple saint. Partez !

Le héraut se retire à pas lents suivi des deux porte-étendards et
des gardes qui les ont amenés.

LE CHŒUR.

Il part saisi d'effroi ;
Que va faire le roi ?

SCÈNE VIII

Les Mêmes.

JACQUES CLÉMENT, sortant de la foule et s'avançant au milieu
de la scène.

Qu'il aille à l'assassin des Guise,
Au Baal maudit par l'Eglise,
Au suppôt des fils du Luther
Dire que va s'ouvrir l'enfer !

LES GENTILSHOMMES, à demi-voix.

Nous avons juré foi
Au seigneur notre roi !

LE PEUPLE, à demi-voix.

C'est elle qu'au bûcher
Le roi ferait mener ?

JACQUES CLÉMENT, remontant de quelques pas.

Eh quoi ! vous gardez le silence ?
Reniez-vous votre vaillance ?
Souffrirons-nous que le Valois
Nous courbe à nouveau sous ses lois ?
Fils du Très-Haut, Dieu redoutable,
Arme nos bras, ferme nos cœurs ;
De cette race détestable
Rends-nous vainqueurs !

LE PEUPLE, entourant Jacques Clément.

D'être sans pain et sans deniers
Tout Paris se fatigue.
Nous adjurons les quarteniers
Et les chefs de la Ligue

De faire soumission au roi
Et signer paix de bonne foi!

MALLET, sortant des groupes.

Madame la duchesse, et vous, sieur de Mayenne,
Du peuple écoutez les clameurs!

MAYENNE.

De ses serments, du moins, que chacun se souvienne.

MALLET.

La guerre est féconde en malheurs!

BOURGOING, qui s'est dirigé vers Jacques Clément.

Dieu seul, de tout péril, peut nous sauver, mon frère.

JACQUES CLÉMENT.

A nous, il s'est manifesté!

BOURGOING, au peuple.

Au pied de nos autels, jetez-vous en prière!

JACQUES CLÉMENT.

Mourons pour notre liberté!

MAYENNE.

Nous savons de source certaine
Qu'une attaque est prochaine.
Décidez-vous :
Combattrons-nous?

CHŒUR GÉNÉRAL.

Sur ce que l'on doit craindre, ou qu'on peut espérer,
Ne pourrions-nous, Altesse, un peu délibérer?

LA DUCHESSE, à la foule.

Ainsi chacun nous abandonne!

Deux meurtres, ce n'est pas assez!
Ah! que le Seigneur vous pardonne :
Devant ce roi vous fléchissez!
Allez, tous! Demain dès l'aurore
Nous verrons s'il se trouve encore
Des braves dans vos rangs!

A Jacques Clément.
Restez!

A Marie.
Et toi, ma fille, aussi.

A tous deux.
Venez!

LE CHŒUR, en se retirant, à demi-voix, pendant que la duchesse,
Marie et Jacques Clément, s'avancent vers le devant de la scène.

GENTILSHOMMES.

Nous avons juré foi
Au seigneur notre roi!

LE PEUPLE.

C'est elle qu'au bûcher
Le roi ferait mener?

Bourgoing, Mayenne, Mendoze, Mallet, les deux Seize et la foule
sortent lentement. Le jour baisse.

SCÈNE IX

LA DUCHESSE, MARIE, JACQUES CLÉMENT.

LA DUCHESSE.

Hier, j'étais la souveraine;

A mes pieds chacun se courbait,
Je traversais calme et sereine,
Le peuple qui me souriait.
Je croyais tenir la puissance,
Et, déjà, je voyais surgir
Le jour béni de la vengeance,
Qui semble si lente à venir!

Ne crois plus à rien, pauvre femme,
La foule est muette aujourd'hui.
Nul ne saura lire, en ton âme
Quel espoir suprême avait lui.
C'est la femme et presque la reine
Qui rêvait trouver un vengeur...
Va! pour toi, fille de Lorraine,
Plus que la honte et la douleur!

A Jacques Clément.

Vous!... Oui, c'est vrai, plein de colère
Pour terrasser mes ennemis,
Vous eussiez soulevé la terre
Si le ciel vous l'avait permis!

JACQUES CLÉMENT et MARIE.

Hélas! s'il ne reste que nous
A notre amour toujours fidèles,
Pour calmer vos douleurs mortelles,
Prenez nos cœurs, ils sont à vous!

SCÈNE X

Les Mêmes, Dames et Demoiselles d'Honneur,
Porte-Flambeaux, entrant par la porte à gauche.

CHŒUR DES FEMMES.

Au loin, déjà, le soleil
S'est éteint dans les flots d'or.
Songes, ô fils du sommeil,
Venez, prenez votre essor.
Dans l'espace
Tout s'efface ;
Versez, sylphes gracieux,
Au cœur lassé de souffrir,
Ce dictame précieux :
L'oubli de tout souvenir !

LES PORTE-FLAMBEAUX, JACQUES CLÉMENT,
MARIE.

Songes légers et frêles,
Bercez notre sommeil,
Sur nos fronts déployez vos ailes
Jusqu'au réveil !

LA DUCHESSE.

Mignonnes, dont le cœur m'était resté fidèle,
Vous que j'aime toujours, recevez mes adieux.
Demain, va me frapper la sentence cruelle
D'un monarque odieux.
Plus de dames d'honneur, de couche somptueuse,
Pour celle que déjà guette le noir tombeau !

Toutes, retirez-vous! La rebelle ligueuse
    N'a plus droit qu'au bourreau!

Elle s'assied.

LE CHŒUR.

Songes légers et frêles,
   Bercez son doux sommeil,
Sur son front déployez vos ailes
   Jusqu'au réveil!

Les dames et demoiselles d'honneur sortent, ainsi que les porte-
flambeaux, laissant deux candélabres sur la table.

SCÈNE XI

LA DUCHESSE, MARIE, JACQUES CLÉMENT.

LA DUCHESSE, se levant et à Jacques Clément.

Allez, Jacques Clément, retrouver votre mère;
Je renonce à la haine, et lui rends votre amour.
Du cloître, grâce à moi, pour vous la règle austère
    Finit avec le jour!

MARIE.

Cette mère va vous bénir,
  Et devant que le jour ne passe,
  Marraine, elle voudra venir,
  A deux genoux, vous rendre grâce!

JACQUES CLÉMENT et MARIE.

Hélas! s'il ne reste que nous
  A notre amour, toujours fidèles,
  Pour calmer vos douleurs mortelles,
  Prenez nos cœurs, ils sont à vous!

Marie et Jacques Clément se dirigent vers la porte du fond. Sur
un signe impératif de Jacques Clément, Marie disparaît, tandis
qu'il se dissimule derrière une des draperies de la porte. La
duchesse s'assied sur le fauteuil.

SCÈNE XII

LA DUCHESSE, JACQUES CLÉMENT.

Jacques Clément au fond. La duchesse se lève, fait quelques pas vers
la porte du fond, puis revient sur le devant de la scène.

LA DUCHESSE.

J'entends leurs pas au loin;
De ma sombre colère
Nul ne sera témoin.
Désespérance amère !
Je veux broyer mon cœur,
En chasser la vengeance ;
Je ne puis.... ô douleur !
Apre et douce souffrance !
Cet homme, je le hais;
Il m'a volé mon âme !
Mes frères, je le sais,
Dans un piège infâme
Il les a tués !... Horreur !
Son mépris seul me blesse !
Ah ! que n'ai-je un vengeur,.....
Pour lui...... Pauvre duchesse !...

JACQUES CLÉMENT, apparaissant tout à coup.

Un vengeur ?... Le voici !

LA DUCHESSE.

Juste ciel! Vous, ici,
Lorsque je vous croyais auprès de votre mère ?

JACQUES CLÉMENT.

Oh! Madame! Écoutez...

LA DUCHESSE.

Non! Partez!

JACQUES CLÉMENT, s'inclinant.

Ma prière!
Dans mes longues nuits sans sommeil,
Tout s'éclairait de votre image :
Le jour apparaissait vermeil,
Sans que s'éteignît le mirage.
Je ne puis oublier qu'un soir
J'eus une vision étrange...

LA DUCHESSE, l'interrompant.

Je croyais ne plus vous revoir...

JACQUES CLÉMENT.

Ah! respectez du moins, Madame, qui vous venge !

LA DUCHESSE.

Quelle audace! Il me brave !

JACQUES CLÉMENT.

O femme ! écoute-moi :
Pour un de tes baisers, je veux perdre mon âme,
Et jeter à tes pieds demain ce cœur de roi!

LA DUCHESSE.

Il m'épouvante!

JACQUES CLÉMENT.

Ordonne ! et ce tyran infâme,
Demain, si tu le veux, demain.......

LA DUCHESSE.

Oh! non, jamais!
A mon honneur fidèle.....

JACQUES CLÉMENT, l'interrompant à part.

Rien ne peut émouvoir cet orgueil! Je l'aimais,
Jusqu'à mourir pour elle.....

LA DUCHESSE, à part.

Mon orgeuil? Il m'effraie!...

Se reculant.

Hélas! ayez pitié...

JACQUES CLÉMENT, allant vers elle.

Un seul mot et demain le traître est châtié.
Non! Garde le silence!
J'ai trop pleuré de ta souffrance,
L'amour en mon cœur a chanté!
Le moine est mort, l'amant s'avance,
Ivre d'espoir, de volupté!

LA DUCHESSE, à part.

Au devoir, à mon nom fidèle,
Arrachons cet amour à jamais de mon cœur.
Oublions l'injure mortelle,
Les crimes... Tout! Hormis l'honneur!

Elle va vers la porte de gauche. — A Jacques Clément.

Partez!

JACQUES CLÉMENT, vient tout près d'elle.

Je reste! A ta vengeance
Tu voudrais renoncer en vain :
J'ai trop pleuré de ta souffrance,
Je veux les voir tremblants, demain,
Courtisans, peuple, à tes genoux
Se courber tous!

ENSEMBLE.

JACQUES CLÉMENT.

J'ai su lire en ton cœur,
Et demain, je le jure,
D'un roi traître et parjure
Tu me sauras vainqueur !

LA DUCHESSE.

Il sait combien mon cœur
Exècre ce parjure.
Ah ! je vous en conjure,
Pitié pour ma douleur !

Jacques Clément entraîne la duchesse, presque défaillante entre ses bras.

Rideau.

ACTE QUATRIÈME

PREMIER TABLEAU

Le camp royal à Meudon.

A droite, une hôtellerie : bancs, tables sous des tonnelles. — Un arbre avec un banc circulaire.

SCENE PREMIÈRE

OFFICIERS et SOLDATS, FEMMES DE LA SUITE DU
CAMP, UN HOTELIER et GENS DE SERVICE.

CHŒUR DES SOLDATS.

A nos drapeaux la fortune est fidèle,
Et nous rentrons au camp, victorieux.
Des étrangers la cohorte rebelle,
Sous d'autres cieux,
Ira céler sa honte et sa défaite ;
Chantons, amis, ce jour de fête !
Marchons sous l'antique bannière,
Qui porte en ses plis glorieux
L'âme invincible des aïeux,
Toujours debout dans leur poussière !
Mânes sacrés des grands héros,

Soyez témoins de notre gloire,
Tressaillez d'aise en vos tombeaux :
A nous est la victoire !

LES FEMMES.

Écoutez ces accords si doux
Qui viennent jusqu'à nous.

LES SOLDATS.

Vivat ! des filles d'Italie
C'est la foule jolie.

CHŒUR DES SOLDATS.

Reprise.

A nos drapeaux la fortune est fidèle,
Etc., etc.

Les soldats se rangent autour de la scène.

SCÈNE II

LES MÊMES, DANSEUSES et INSTRUMENTISTES.

DIVERTISSEMENT

SCÈNE III

L'HOTELIER, JACQUES CLÉMENT.

Jacques Clément entre, pendant que danseuses, soldats et femmes du peuple se dispersent.

JACQUES CLÉMENT.

Oui ! Chantez ! Livrez-vous aux plaisirs, à la joie,

Tandis qu'ils sont là-bas, affamés et plaintifs.
Chantez !... Moi, je vous ai suivis, guettant ma proie...
Ce fer vengera ceux que vous croyez captifs !

L'HOTELIER.

Vous paraissez bien las, mon frère,
Entrez, quelques instants, reposer près de nous.

JACQUES CLÉMENT.

Le ciel entendra la prière
Qui, vers lui, de mon cœur, s'élèvera pour vous.

Il entre dans l'hôtellerie.

SCÈNE IV

L'HOTELIER, puis MARTHE et MARIE.

Elles entrent par la gauche.

MARTHE.

Le jour est long, la route est dure,
Pour qui va suivant le chemin,
Sous la douleur que l'on endure
Espérant l'heureux lendemain.
Où retrouver ce fils que j'aime ?
Mon enfant ! De mon triste sort
C'est la fin !... Pas un prêtre même,
Pour me préparer à la mort !

Elle tombe accablée sur le banc entourant l'arbre.

MARIE, la soutenant.

Courage... espoir !

L'HOTELIER.

Un digne frère,

En ce logis hospitalier
Repose. A l'instant, pauvre mère,
Près de vous il viendra prier !
L'hôtelier entre à l'hôtellerie et revient avec Jacques Clément.

SCÈNE V

Les Mêmes, JACQUES CLÉMENT.

MARTHE.

C'est lui ! Mon fils ! Ah ! la mort peut venir !
Mon âme vers le ciel s'envolera joyeuse.

MARIE.

Vous retrouvez un fils, et parlez de mourir ?

JACQUES CLÉMENT.

Femmes, la nuit descend et froide et pluvieuse,
En ce logis reposez-vous.

MARTHE.

Je ne te quitte plus !

MARIE.

N'est-il pas près de nous ?

MARTHE, se penchant vers son fils.

I

Des jours de ton extrême enfance
J'ai gardé le souvenir :

En toi souriait l'espérance,
  Toi seul étais l'avenir !
Que de fois, lorsque tout repose,
  Me penchant sur ton berceau,
J'effleurai ton visage rose,
  Entre les plis du rideau !

MARTHE, MARIE, JACQUES CLÉMENT.

« Dors, mon enfant, clos ta paupière,
» Tes cris me déchirent le cœur,
» Dors, mon enfant, ta pauvre mère
» A bien assez de sa douleur ! »

MARIE.

II

Vous chantiez dans les bois pleins d'ombre,
  Où répondaient les oiseaux,
  Cachés par le feuillage sombre,
  Se mirant aux clairs ruisseaux.
L'onde aussi disait sous la mousse,
  Où glissait son flot pur,
Cette berceuse triste et douce
  Qui s'élevait dans l'azur.

Marthe, soutenue par Marie et Jacques Clément, marche vers
l'hôtellerie.

MARTHE, MARIE et JACQUES CLÉMENT.

« Dors, mon enfant, clos ta paupière,
» Tes cris me déchirent le cœur,
» Dors, mon enfant, ta pauvre mère
  A bien assez de sa douleur ! »

    Marthe et Marie entrent dans l'hôtellerie.

L'HOTELIER, qui s'est approché de Jacques Clément.

Vous avez su calmer leurs alarmes mortelles.

JACQUES CLÉMENT.

Rentrez ; veillez sur elles !

L'HOTELIER.

Vous ?

JACQUES CLÉMENT.

L'élu du Seigneur repose quand il peut.

L'hôtelier rentre et ferme la porte. — Jacques Clément brandissant un couteau qu'il tire de dessous son froc.

A Saint Cloud !... Dieu le veut !

Rideau.

4

DEUXIÈME TABLEAU

A Saint-Cloud.

Au fond, large fenêtre à vitraux, donnant sur la campagne. A droite,
une porte fermée par des draperies, conduisant à la chambre du Roi.
A gauche, une autre porte.

SCÈNE PREMIÈRE

JEUNES SEIGNEURS, BRANTOME.

Au lever du rideau, Brantome est assis dans un fauteuil.

CHŒUR.

Raconte-nous, vicomte de Bourdeille,
    Un de ces récits galants
    Où, nos seigneurs les amants
    Et leurs dames font merveille !

BRANTOME, se lève et vient au milieu de la scène, entouré des
jeunes seigneurs.

Raconte-nous ! Parbleu, c'est bientôt dit !
Faut-il encor prendre alouette au nid !
Je connus, jeune, honnête et grande dame ;
Pour elle un prince éprouvait vive flamme ;
Mais, gênait tout, certain époux maudit.
Donc, Satanas si subtilement fit,
Que d'un collier le désir le saisit ;

Deux rois l'avaient ! Dites point sur mon âme :
                Raconte-nous.
Ne sait comment notre belle s'y prit ;
Bref : son époux bientôt le collier vit
Sur son pourpoint : « Or »lui disait sa femme :
» En quels combats, au tranchant de ta lame,
» Par quel exploit, ce trésor se conquit ?... »
                Raconte-nous.

CHŒUR.

Et voilà bien, vicomte de Bourdeille,
      Un de ces récits galants,
      Où nos seigneurs les amants
   Et leurs dames font merveille !

SCÈNE II

Les Mêmes, JACQUES CLÉMENT.

JACQUES CLÉMENT.

Seigneurs !

LE CHŒUR.

      Que nous vient-il chanter ici ?
On ne peut un instant s'égayer à sa guise,
Sans voir soudain surgir cagoule ou robe grise,
Pénitent, moine.

A Jacques Clément.

      Après ?

JACQUES CLÉMENT.

            Seigneurs, voici :
J'apporte un mot de monsieur de Brienne
Que retient prisonnier l'ire parisienne.

UN JEUNE SEIGNEUR.

Donnez !

JACQUES CLÉMENT.

Seigneur, j'ai juré, sur ma foi,
De le remettre aux mains de notre auguste roi.

UN JEUNE SEIGNEUR.

Que faire ? En vérité, j'hésite
A raconter au roi cette étrange visite.

BRANTOME.

Nous avons, ce me semble, un peu trop discuté.
Allez, mon jeune ami, près de Sa Majesté ;
Car, nous devons, quoi qu'il advienne,
Seigneurs, sauver d'abord ce brave de Brienne.

Le jeune seigneur entre dans la chambre du roi.

JACQUES CLÉMENT.

« Le ciel le veut, » m'a-t-elle dit,
» Venge-moi ! Frappe ce maudit ! »

LE JEUNE SEIGNEUR, *paraissant à la porte de la chambre du
roi.*

Sa Majesté t'attend...

JACQUES CLÉMENT.

Ah ! c'est Dieu qui l'ordonne,
Mère, à ton fils pardonne.

*Jacques Clément entre dans la chambre du roi ; le jeune seigneur
vient se mêler au groupe qui s'est formé autour de Brantôme.*

LE CHŒUR.

Reprise.

Raconte-nous, vicomte de Bourdeille,
Etc., etc...

BRANTOME.

Je sais, seigneurs, que chacun est discret
Et je vous puis confier un secret :
C'est, à vrai dire, une histoire d'alcôve :
Or, sur tel point, la foi seule nous sauve...

On entend un cri terrible sortir de la chambre du roi, Brantôme et
les jeunes seigneurs se précipitent de ce côté, puis s'écartent pour
laisser passer Jacques Clément qui sort en chancelant, un couteau
ensanglanté à la main. Il est blessé et tient sa main gauche sur sa
poitrine. Il est suivi de gardes qui cherchent à le frapper de leurs
armes et il vient tomber près du fauteuil de Brantôme. Des moines,
des pénitents suivis de soldats et de gens du peuple, entrent précipitamment. Les moines et les pénitents entourent Jacques Clément
et le protègent contre la fureur des gardes et des jeunes seigneurs.

SCÈNE III

LES MÊMES, LA DUCHESSE, en pénitent, MARTHE
et MARIE, UN CHIRURGIEN.

Marie, Marthe et la duchesse, traversent la foule et entourent Jacques
Clément ; Brantôme entre dans la chambre du roi.

CHŒUR D'ENSEMBLE.

LES SEIGNEURS, LES GARDES et LE PEUPLE.

O récit plein d'horreur,
Ce moine misérable,

Dans sa lâche fureur,
Osa sur notre roi, porter sa main coupable!

LES MOINES et LES PÉNITENTS.

Implorons du Seigneur
La grâce inépuisable.
Pardonne à ce pécheur,
Puissant maître du ciel, Dieu grand et redoutable!

Pendant ce chœur, Marthe s'agenouille et soutient Jacques Clément, qui cherche à se soulever, Marie est restée près du chirurgien, et la duchesse se penche après avoir relevé sa cagoule.

JACQUES CLÉMENT, se soulève à demi, soutenu par Marthe.

Déjà, je vois s'ouvrir les cieux;
A toi Seigneur, gloire éternelle;

Regardant la duchesse.

Ton ange apparaît à mes yeux:
C'est elle!

Il retombe.

LA DUCHESSE et MARIE.

Oui! que dans son vol radieux,
S'élève ton âme immortelle,
Toi, qui fus à l'ordre des cieux
Fidèle!

LE CHIRURGIEN.

Ce moine est mort!

MARTHE, qui s'est relevée, marche vers la duchesse; Marie se place entre elle et la duchesse. Avec un geste de menace.

Mon fils! O femme, je te hais!
Mort! En quel désespoir ma vieillesse est plongée!

BRANTOME, sortant de la chambre du roi et s'adressant aux seigneurs et à la foule.

Une affreuse nouvelle a rempli le palais,
Pleurez! Le roi n'est plus!

LA DUCHESSE.

Valois! Je suis vengée!

Des gardes entourent Jacques Clément, Marthe tombe dans les
bras de Marie.

DOUBLE CHŒUR.

SEIGNEURS, SOLDATS et PEUPLE.

Ce moine en sa fureur,
Osa sur notre roi porter sa main coupable?

MOINES et PÉNITENTS.

·Pardonne à ce pécheur,
Puissant maître du ciel, Dieu grand et redoutable!

Rideau.

IMPRIMERIE GÉNÉRALE DE CHATILLON-SUR-SEINE. — A. PICHAT.